爱·治愈时间

黄建洪 著

哈尔滨出版社
HARBIN PUBLISHING HOUSE

图书在版编目（CIP）数据

爱·治愈时间 / 黄建洪著. — 哈尔滨：哈尔滨出版社，2023.7
ISBN 978-7-5484-7123-3

Ⅰ. ①爱… Ⅱ. ①黄… Ⅲ. ①诗集－中国－当代 Ⅳ. ① I227

中国国家版本馆 CIP 数据核字（2023）第 065594 号

书　　名：爱·治愈时间
　　　　　AI ZHIYU SHIJIAN

作　　者：黄建洪　著
责任编辑：韩伟锋
封面设计：树上微出版

出版发行：哈尔滨出版社（Harbin Publishing House）
社　　址：哈尔滨市香坊区泰山路 82-9 号　邮编：150090
经　　销：全国新华书店
印　　刷：武汉市籍缘印刷厂
网　　址：www.hrbcbs.com
E-mail：hrbcbs@yeah.net
编辑版权热线：（0451）87900271　87900272

开　　本：880mm×1230mm　1/32　印张：6.5　字数：100 千字
版　　次：2023 年 7 月第 1 版
印　　次：2023 年 7 月第 1 次印刷
书　　号：ISBN 978-7-5484-7123-3
定　　价：65.00 元

凡购本社图书发现印装错误，请与本社印制部联系调换。
服务热线：（0451）87900279

我相信爱是世间最伟大的力量，是我们生存的终极目标，提起爱，许多人会想起爱情，男朋友、女朋友或者是母爱、父爱，但是我们很容易会忽略世上最值得去爱的人——自己。我希望可以通过这本书，让你学习去爱自己，更加懂得去爱自己，从而更加懂得去爱身边的人和事物。

目录

爱 人

你与树	3
洗头水	4
半路上	5
九月九日	6
西北旺Ａ出口	7
晴空万里	8
蚊 子	9
把撕断的一半羊皮纸给你	10
在飞机里追赶时间	11
一切在往后移，像时间	12
有些时候不写诗，把它活出来	13
不折不扣	14
习惯了	15
井与水	16
云	17
世 界	18
水	19
勇 气	20
黑 夜	21
和灵感说再见	22

睫　毛	23
风与水	24
写不完的书	25
月　光	26
学习去爱	27

爱 家

断　肠	31
昨夜手表停了	32
她还保留着我出世时用过的毛巾	33
温哥华	34
故　乡	35
她	36
家的味道	37
家	38
根	39
年	40
乡	41
外婆家	42
月	43
爸　爸	44
背　影	45
秋　乡	46
吻	47

爱 事

足 印	51
复 活	52
去颠覆一场蓝天白云,要去重置四季	53
碎 阳	54
静下来,一直有时光的陪伴	55
果 实	56
毅然从时光里倒下来的	57
喜欢读纸质的书	58
树下的诗人	59
怀孕的乌云	60
雨	61

爱 物

白	65
和 平	66
澎 湃	67
出门没有带时间	68
秋高气爽	69
游 写	70
夜雨,出门看那边荷花是否完整	71
院子里的老槐树开了花	73
秋天的故事	74
潜入湖底	75
赶一场天未亮的雨	76

花　雨	77
生命之塔	78
下班地铁里读一本诗集	79
文　字	80
水松林	81
雨的证据	82
文　字	84
从天上掉下来的雨会疼吗？	85
兔子在吃菜	86
河边下着毛毛雨	87
叶	88
月　光	89
湖水清得透彻	90
立夏的第一场风	91
细　雨	92
山间古村人家	93
我不知道那只河蚌是怎么死的	94
雪照亮了整个夜	95

爱生活

生　活	99
初　夏	100
深秋的晨光	101
坐在落花下，我抛出所有谜底	102
生活给了我什么，我就写什么	103
我爱北京	104

生活一直没有给我答案	105
年　轮	106
知足常乐	107
列车开出	108
四月的风	109
买一套房，用余生的自由	110
胡同的平房	111
书	112
诗	113
晨阳新鲜，像月光一样净白	114
答　案	115
日　子	116
南官房胡同	118
放下那些想要的，剩下需要的	119
待到杏子落下来的时候	120
蛇	121
我陷入一片绿里	122
让我们不再去想生活是为了什么	123
在下班的地铁里写诗	124
我在这里	125
直到下午4：30	126
初夏下午，周六	127
自古以来	128
那歌声和音乐是对什刹海的污染	129
静	130
月　光	131
诗　人	132

当作	133
下雨	134
生活	135
到我老了	136
爱的艺术	137
三月的风	138
晴天	139
鸽子	140
晨阳	141
外面风雨交加	142
天窗	143
下雨天，出门走走	144
一本书 一支笔	145
平时，我的心往里面打开着	146
北京的初夏	147
快到夕阳了	148
我的身体在开花	149
意义和快乐	150
鱼	151
外婆的阳台	152

爱时间

对抗	155
意义	156
今夜月光，光得发艳	157
善待时间	158

时　辰	159
活着只是时间的相对存在	160
做一位时间的战士	161
人　生	162
月影胡同人家	163
初秋，瓦顶晨阳美好	164
与时间同行	165
我的时间里	166

爱自己

夜，如一个无底洞	169
完　整	170
我自己	171
出　生	172
退	173
走在时尚的前沿	174
诗歌让我沉静，音乐让我澎湃	175
一场救赎	176
院子里的杏果零碎落地	177
直到辽阔的草原，才开始宽容起来	178
我看见巴士从一场雨的身体里穿过	179
把自己装进音符里	180
上山的路	181
我有一个男人不该有的感性	182
爱	183
追逐自己	184

把所有的真空打包到记忆里	185
看月光	187
午　夜	188
谁说自己在家就不打扮？	189
我不在这里	190
下雨了	191
宽	192
我的一生	193
我的爱	194

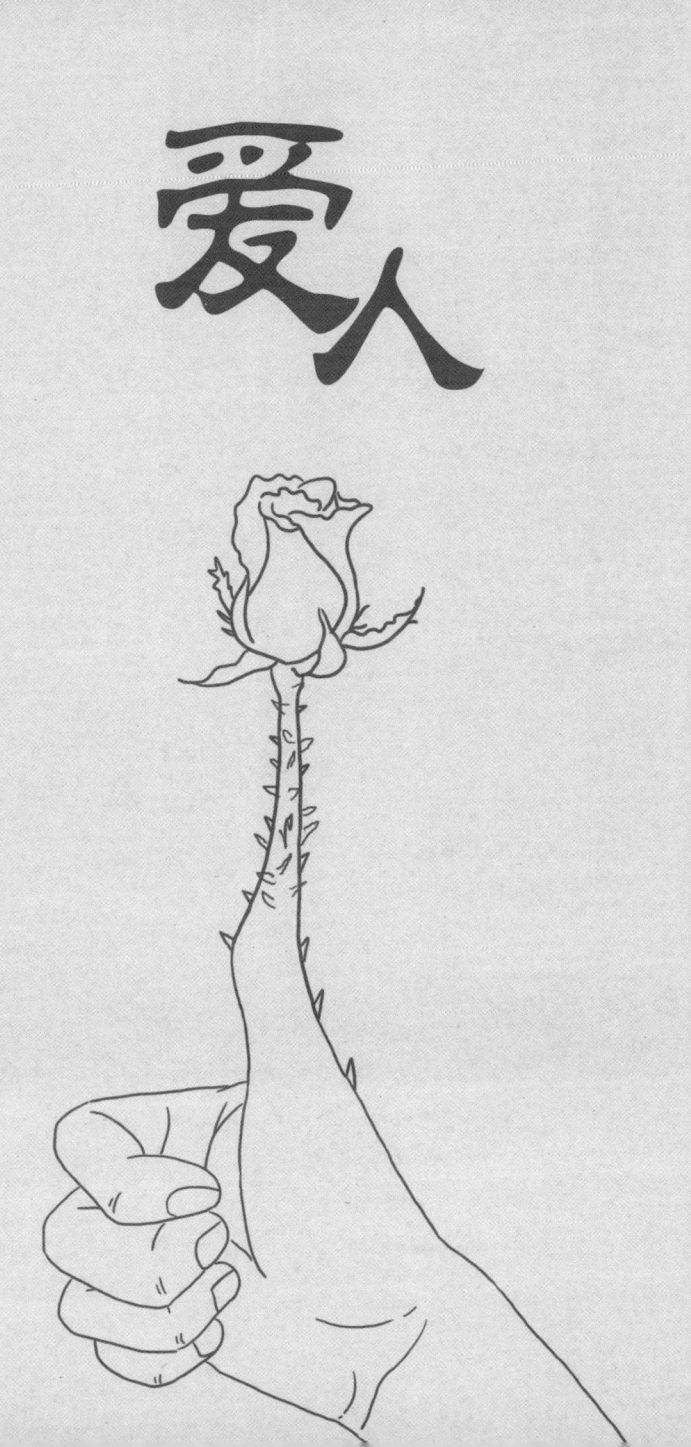

爱人

你与树

我曾经砍下我的树枝
然后点燃它们,帮你取暖

也曾经卸下我的树皮,为你挡雪
也抽干体内的水分,供你止渴

赶走身上的群鸟,让你安眠
我也知道你的遗愿是
死后安葬在我的根下
供我养分

可是,这不是我想要的
只想在你死之前
把我砍下,做成一具棺材

与你一起安葬

洗头水

我捧着一瓶洗头水,盛起地上的一盘月光
洗白了头发
与你有平衡的姿势
一起弯腰去拾起地上长满草的岁月

问清你的来龙去脉,看清你所有的丑恶
才毫不犹豫地拿起割禾的镰刀
一片片地割去血肉
往我们的岁月里填补

夹着雪花,像头发一样白
去看你的背
牵着干枯的手

然后才安心,安心地死去
因为死,不是难事
只要
爱过

半路上

北京地铁人山人海
我捧着一本诗集,去见一个爱人

出发的信息迟迟没有得到回复
我过于敏感的神经
开始坏死在路上
怀疑在地铁的半路上

上一半路程把我送向你的方向
下一半则是相反的方向

我在中间,仿佛站在一个Y字路口
然而,每一个路口都站着一个你

一个在过去
一个在未来

我捧着一本诗集,去见一个爱人
我所有的路
都通向你

九月九日

或者是看你的背,躲在你的背影里
全神贯注

擦去落在你脸上的碎阳
拨开忧云,看见那双万里无云的双眸

一路笔直,我一路跟随
我的身体一直晴朗

在九月的一个晴天里
去物色一个地点
来坐在你的背后
看你读书的样子
闻你的香水味
我才甘愿踏实

九月九日
晴空万里

西北旺 A 出口

我到达了你的门口
没有敲门

你说过我没有出现在正确的时间
我把所有的计划推迟
只想遇见正确的你，在正确的时间里

日落已过，初秋把黄昏提前
我守在门口，感觉不请自来
门前人来人往，我把他们都当成来迎接我的人

夜里没有星星
我敲门，你正好在家
然而，在正确的时间里
遇见你
却撞上错误的自己

2018.8.31

晴空万里

日子再好不过了，是在树下的碎阳里被洗过的
我穿了一套最帅的
去见爱人
路上风在晨阳里摇曳
摇落的秋叶如四月樱花
在这个美好的日子里
我没有往头发里抹发胶
因为爱人喜欢用手指拨弄我的头发
深秋继续深
深着深着就破了
爱情会不会也这样？
爱着爱着就破了
但是日子还是美好的

2018.11.09

蚊 子

狠狠地把一只蚊拍死在血泊里
在脚跟旁，然后使劲地捏
直到粉身碎骨，最后搓成粉末
是的，我是有仇恨的
这也意味着我也是有爱的
而且爱得像恨一样
我爱得死去活来，粉身碎骨
爱得把爱搓成粉末
放进清晨你床柜上的热咖啡
爱得
让自己倒在血泊里

2018.7.30

把撕断的一半羊皮纸给你

让你给我写一封信
你说你不知道开头称呼
或该谈论什么事
我把每一层次的皮脱下
把自己放在最卑微的位置，薄得像一张纸
恳求你能施舍点爱，却没有得到回应
爱没有像初秋里的夕阳轰轰烈烈
或许爱从来都被美化
把轰烈拉长
把手拉长，拉远
把距离拉近
路还是遥远，但目的地就在身旁
你说信还没写好
就收到了我的回复

2018.8.27

在飞机里追赶时间

飞到你身边时，还是昨天
我对人间产生无尽的爱
也仿佛在昨天
不去期待爱得惊天动地
只想爱得平凡，真实
用里程和时间去标记
然后用得出来的匀速
像一次开花的过程
果实成熟的过程
去演一次
细水长流

爱人

2018.7.30

一切在往后移，像时间

用不了时间的速度
光从窗台流进来
似乎要把整个房间填满
淹死我为止
时间和光总同时存在
对我来说
一个是冬天，一个是春天
时来，用爱去迎接
爱人，爱物，爱事
能治愈时间
光来，感知它的存在
照进灵魂的深处
这样可以让岁月少些孤独和空虚
时光，是一部榨汁机
而我是刚成熟的水蜜桃
而爱
是我所有的糖分

2018.7.20
南官房

有些时候不写诗,把它活出来

把曾经想象的愉悦和美好
从纸里解印,从脑里释出
流在空气里
只因有你在身边
三言两语,一个笑意
就解答了我所有的疑问
我搬进你的影子里
虽然是两个个体,但有共同的起点
我和你平坐在沙发上
去追一部美剧
去追回那些只存在想象里的美好
你的一个湿吻
我的身体便开始发芽
就算只是活在你的影子里

不折不扣

小时,喜欢画画
组屋墙上还有我的涂鸦
上初中了,意外英语期中考试考了班里的第二
喜欢上英语
大学时,疯狂地爱上英语
毕业后,又爱上音乐
未来不知又会爱上什么迷恋什么
我的人生啊
在一场又一场的恋爱里进行着
但肯定的是
让我爱得死心塌地
不折不扣的
是你

习惯了

早餐一杯菊花茶
两个茶叶蛋
无论晴天还是阴天

开始习惯了
早上起床
你不在枕边了

爱人

2019.5.25

井与水

井里的水快要枯竭了
水对井说
"阿井,我要走了,你会想我吗?"
"阿水啊,你走了
虽然看不见你
但我早已将你深深地埋在心底了"
阿井说

云

思念，像一朵云的形状
不规则的
云，有许多种
有雨云
朵朵飘逸的云
雾一样的云
所以想你的时候总是阴天
我坐在飞机里
穿梭于云海
看见许多不同形状的
不同类型的云
朵朵
都是你

爱

人

世　界

飞机在空中转弯时
世界是倾斜的
我把世界放入一只眼里
从另一只眼里放出来
再用目光赠送给你
和你在一起时
世界是颠倒的
我的黑夜比白天要勇敢
你离开时
世界是正常的
因为这是理所当然的
飞机又在空中转弯
我的世界是向你倾斜的

水

只要有水的地方
我就能看见你的笑容
因为只要有风吹过
就会呈现你酒窝般的波纹
你与水是多么接近
水对于我来说
是个谜
不想你在手里被我的体温蒸发
所以把你隐藏在眼里
想你时
才把你放出来

爱

人

勇 气

我扶着一片
薄如雾的勇气
去靠近你
你在原地
没有反应
后来
我带着铁一样的决心
离开你
你在原地
没有反应

黑 夜

你说对我有种一见如故的感觉
不是一见钟情吗？我问
你继续十指紧扣地拖着我
在黑夜的树丛里
往前走
走到开阔处
我拖 停了你
勇敢地靠近你的唇边
双手紧抱你
贪婪地狂吻你
感觉像干柴烈火
我知道
烈火尽头是灰
但我选择点燃了自己
并且
照亮了整个黑夜

和灵感说再见

你问,火车开到哪了?
不知道,我说
你再问,火车什么时候到?
不知道,我说
你又问,在火车上干什么啊?
写诗,但是现在没有灵感了,我说
你问,它去哪里了啊?
刚刚和它在火车站说再见了,我说

睫 毛

没吻过这么长的睫毛
对不起
我的吻不够温柔
吻落了你长长的睫毛
跌入了你的眼睛
刺穿了你的眼球
所以
你怪了
你恨我
我愿意
挖出我的一只眼睛
去填补你失去的
每当看见你的时候
就会看见自己
因为
你已是我的一部分

风与水

风从东边吹过来
水往西边流
风里有草的气息
水里有阳光的味道
又有多少次离别
会像这里的风和水一样美
云一去不复返
想浸在这风里
饮竭这江水
这样我还会觉得
你还在身边
像从来未离开过一样

写不完的书

我觉得有点简单
不够高大上
没有细节看
于是我顶着一身尴尬
躲在人群里隐藏自己
在书店里
最有安全感
每次都有惊喜的收获
感到失去时
在这里买一本
迷失时
读一本
想去遗忘时
埋一本
想你时
写一本
那可是一本写不完的书啊

月　光

昨夜
被一场倾盆而下的月光惊醒
推开窗户，摘下一段
放在床上，放入梦里
月光真的亮得让人难以安眠
不想错过月光的每一滴
它们在海边的回音
在胡同里的回响
偷偷爬入窗户的声音
跨过栏杆
穿过月季
像刚刚冰释的小溪般清澈
流淌在阳台
我的床上
我的梦里
像你的吻

学习去爱

学习去爱
爱人,爱事,爱物,更爱自己
把爱放在眼跟前
那样它就被放大了
放大到有时可以忽略
眼中的恨
一直追寻爱
追到底
追到生命的结束

让时间荒废在 爱上
爱里 爱时

只要有时间
就有爱
有爱
就活着

2020.9.27
觉华岛

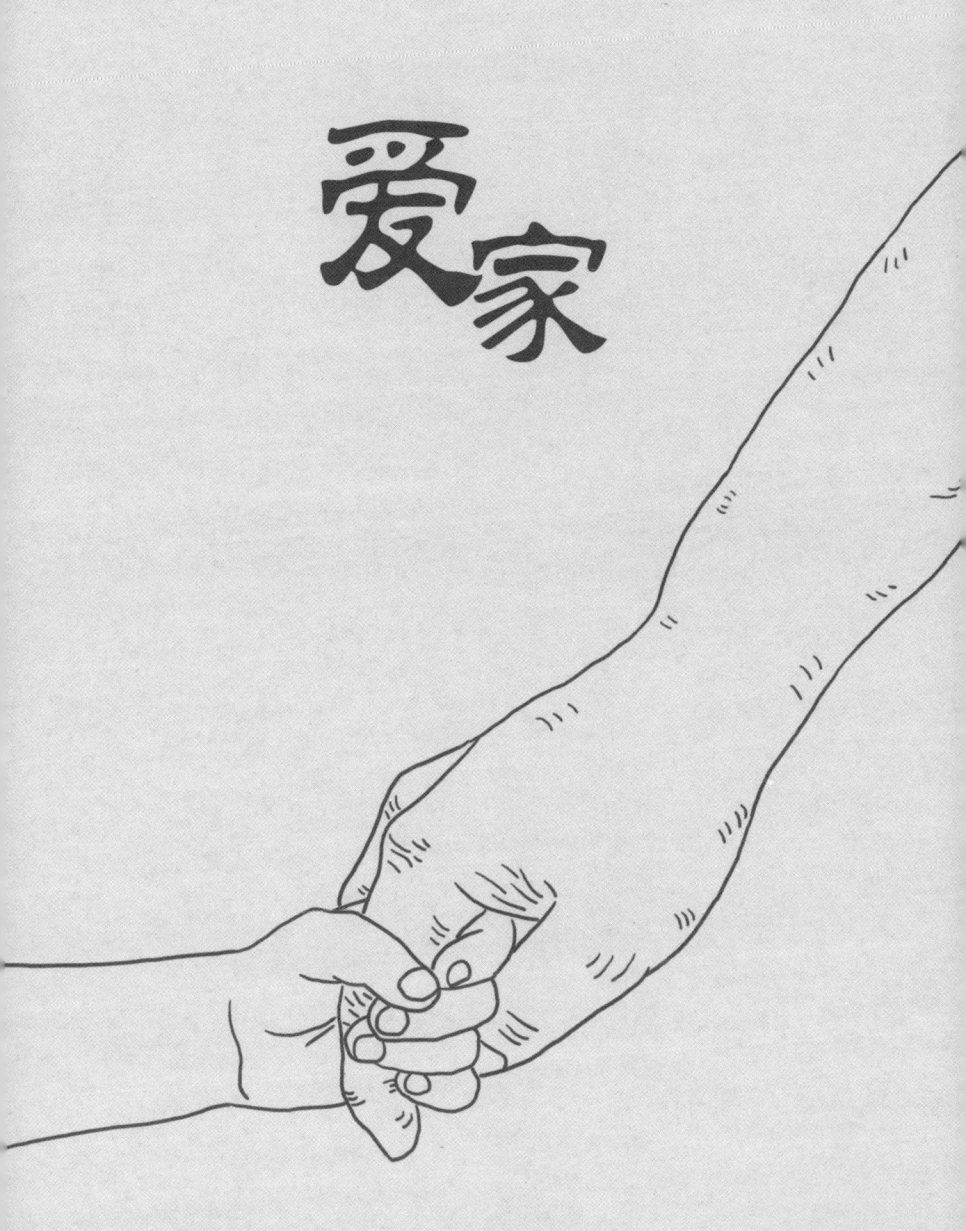

爱家

断　肠

树下，我抱住一片漆黑
憧憬未来
怀着一片月光，打着手机灯
去想象童年的故乡

路灯刺眼，夜色柔和
纵横门档下红门紧闭
拴住了人家，留住了人情

一个南方人住进了北方的家
一南一北，一想起家
令人撕心裂肺
一不小心就泪流满面
灌满了
一个南方人
在北方里的
断肠

2018.7.28

昨夜手表停了

仿佛就在梦醒的时候
擦去雪靴上的霉,穿上,我便出了门
胡同里的深秋一直晴朗,一直不让人失望
阳光美好,落在树上的鸟声
犹如一个个成熟的柿子般明艳动人
我在激动和平衡之间寻找平衡
在这个暂时被遗忘的胡同角落里

静下来了
能再次听到空气里的回响
和人家里的收音机

踏进这对锈迹斑斑的红木门
踩着那堆落叶
我便回了家

2018.11.3

她还保留着我出世时用过的毛巾

对于这个人
我没有太多东西可写的
只是有太多的事
要用一辈子去做

      2018.11.6

温哥华

有红色,粉色,紫色和黄色
有不知名,未命名,叫不出名和玫瑰花
它们誓要和这个夏天同归于尽

我从那些碎花瓣里拧出一片怡然
从鸟的呼唤里分离出答案
然后被安宁的样子惊醒

击碎那些过于敏感的神经
犹如完成了人生
躺在待死的床上,全盘托出我的清白

有灰色,黑白相间,黄色和绿色
有没有名,忘记名,不确定名和蜂鸟

她们像烟花那样擦肩而过
又飞回来

而在温哥华
忘记了自己的姓氏

故　乡

我跳进了一片海洋的身体
敲碎里面的声音
才能看见时间颠倒的故乡

被冲上岸巨树的尸体
时间越久越香

那些沙滩像清晨在后花园吃一篮刚出炉的麦芬
风水在树间流，遇到空缺时
如同瀑布那样泻下来
灌满整个后花园

有只蜂鸟从我身体的最外侧飞过
然后被冲走
我把许多的良事当作默认
把许多的身体
当作家

爱

家

她

不在她身边的时候
不敢去想某一天里会突然失去她
在她身边时，会想到有一天里失去她
所以决不让她离开我的视线

2019.2.29

家的味道

早上,爸爸和大伯赶去舅公的丧事
临走时给吊盆浇过水,盆底还在滴水
妈妈在整理他们收集的纸皮箱
屋内外堆满他们收集的废品,二手货
又被他们重新利用
门前有橘树,桃树,龙眼树
富贵竹和美人蕉
妈妈的拖鞋声时远时近
太阳升起来了,正好照到前门口
有一片落在我的纸上
昨天买的迎春水仙花,今天就开了
我今年过年不再收利是了
妈妈的白色皮鞋沾满了泥
在菜地里沾的
姐姐刚把外甥女抱过来
这些最平淡的日子
才最有家的味道

家

我在房间里弹琴,开着门
从厨房里传来妈妈的炒菜声和菜香
爸爸在修一台刚刚拾的风扇
姐姐嫁了她的小学同学
我们这四口人
把这个普通的房子
活成了一个地方叫
家

根

挂在橘树上的小红灯笼
刚粘上的春晖
妈妈刚做过节放过鞭炮
地上红色鞭炮纸碎一片
庆幸老家还没有禁放鞭炮
这个时候远远近近的鞭炮声，响个不停
今晚凌晨的烟花爆竹亦是
门前的龙眼树已经长到三楼了
爸爸每年都要买一棵大橘树
今年的菊花开得正好
春节就被这一些些小事物带上路的
也把我带了回来
在这个美好的日子里
我把根深深地埋下

2019，年三十，中山

年

碎阳从树下落下来
跌在餐桌上
马蹄糕，肠粉，豆浆和一小束康乃馨
我不敢说出感恩
只是不想看见她的眼泪
爆竹还在响，她在一条条地择香芹
等待阿姨们的新年串门
看着她低头的背影
这些美好的事物都在倒数
而我们都在往后退或往前走
而错过现在
于是我放下了笔
和她一起择香芹

2019，大年初一

乡

沉淀下来
所以我没有把自己说破
山还在雾里晕睡,鸟早已醒
还是坐在三舅的屋顶
看四面山,听四方鸟,问炊烟
喝一杯刚凉的山茶
才把自己的身体掏空
晨阳金黄,落在斑驳的瓦顶上
还有从山上滚下来的巨石,落在田间
牛颈上的铃铛在路上,家猪也出门找吃的了
大舅屋后的山一片又一片
楼下传来外婆的方言
一群麻雀从电线上落在田间里
我才不再把世间看破

大年初四,寨贝村

外婆家

这对山像一双乳房
一双绿色的乳房
山下有山溪
四周被竹林包围
溪水流入田间,然后汇入旁边的水塘
塘里有野鸭
水塘旁边就有人家
外婆家就在水塘旁
然后外婆有了妈妈
后来妈妈有了我

月

弯月儿,在两座山间升起
夜,还是清透的
整个村庄被炊烟包围
山路上的摩托车头灯如落入凡间的星星
在前行
山里有爆竹的回响
蟋蟀的声音不比早上的鸟声小
偶然会有一只飞蛾,飞入鸭窝里,惊动鸭子
山哪山,在人家的尽头
路拐了过去
我就看不见你的去向了
你会不会是我的依靠,还是绊脚石
山哪山,请守住这座村庄
守住外婆的方言
守住这份纯朴

爸 爸

正要骑车走时落下来一朵木棉花
砸中我的肩膀
仿佛在说等等
转街角的大榕树和土地神庙
桥上人车稀疏
我坐在爸爸摩托车的后尾座
去阿姨家吃饭
比坐轿车要舒服
爸爸还是开着那台男装摩托车
不再去比开什么车
只想再去依偎爸爸的那座肩膀

背 影

电线上停着两只燕子，想食人间烟火的样子
胡同里处了一辈子的邻居饭后在闲谈
退到了胡同的转角处
湖边荷花依然盛开
都没有人懂欣赏
大树落完了花又开始落叶
旁边的那所红木门进去了一对老人
送货的快递员问路
可能会问一辈子
路旁写诗的人
也可能要写一辈子
天空像一个无比巨大的山洞
吹来的风，让我嗅到了出口的方向
往一桩树的背影里走着走着
回到了家

2018.8.29

秋 乡

每一天都是星期天
在这样的秋气里
还记得树上成熟的
第一个番石榴的味道
隐身在树的碎阳里
秋天的味道,清脆的甜
再烈的太阳
也征服不了清爽的秋风
秋意,如水
秋水,如月
秋月,如我
光着脚,踩在蓬松的稻草上
闻着稻香
听着丰收
再次回到秋天的故乡
秋风,伴我同行
秋乡,记忆犹新

吻

她第一次吻我的时候
在手背，浑身胎水的味道
这是她告诉我的

她第二次吻我的时候
在额头，我被推进手术台之前
这是印象告诉我的

她第三次吻我的时候
在脖子，在火车站
送我去北京
这是记忆告诉我的

她第四次吻我的时候
隔着屏幕，在瞒着我住进的医院
这是泪水提醒我的

2019.6.11

爱事

足 印

我想再去一次草原
正好赶上一场夏雨
看见蘑菇云里的闪电
击中草原大地

看见野花在雨里几乎夭折
还有牛羊吃着草无所畏惧的样子
远处与雨云衔接的地方是传说中的
诗和远方

我要去收集每一滴雨的气息
我要去踏遍每一棵草
不错过每一道闪电的惊艳

从容地，毫无保留地把整个草原包围
化身为的每一匹野马
留下的每一个奔腾的足印
放纵不羁

复 活

始终认为,在水里的
一切都是有生命的
所以再次潜入水里

亲眼看见一朵枯叶坠入湖底的过程
还有折断了的狗尾巴草失重的样子

水里的光柱像子弹击穿水体的轨迹
晨阳的影子落在手上
水里的尘粒在发光
我便开始迷失东西
只能以声音作方向,沉静为目的地

往上看时,能看到水的天空
露出半个头时,仿佛看见生死的边缘

每一次的屏气
每一次的潜入
是一次次的
复活

去颠覆一场蓝天白云,要去重置四季

这次夏天和冬天挨着
黄昏和日出也是
黄昏应该在午夜之后
紧接着日出,没有早晨,中午和下午

没有时间的计算和倒数
只有行为的进行
只有思想才有潮汐
也只有思想可以完全颠覆世界

我摘下一段,把它们搅碎
又排序在纸上
于是
学会了写诗

碎　阳

有时候没有诗歌
有花茶,落在钢琴上的晨阳
手如马步稳踏键盘的手感
胡同里邻居扫走昨夜落叶的声音
我便进入的霍格沃茨

碎阳像水晶般挂在树上
风吹过,尘扬起,定格在空气的光柱里

把所有放下,把墨汁吐出
时间会慢下来
琴声和晨阳的化学反应在空气里
生成物在脑海里

用笔记本去夹住夏天的一朵叶
用文字捕捉夏里的回响
用时光留住变幻的光影

愿意在这里死去
愿意行尸走肉

7.6

静下来，一直有时光的陪伴

房间通透得像琴声
阳光空气如泡得刚刚好的菊花茶
所有的树，清新得像薄荷

不断地去寻找比喻
比如是，我是一条鱼
在秋水里失重
我把世间的美好都归结于一个钢琴旁的清晨

床上的阳影不断退去，退到寂静里的一片回响
美如光阴繁华
又恨如毒药
在一个个瞬间里，中了时间的套

不想上班
在琴前
老去

果　实

在地铁里吃一个果实
果皮像春天的土壤蓬松
果肉柔软，果汁甘甜像清晨里的甘露
在地铁里种一棵树
纸是土壤，笔是树苗
文字是花朵
树里有四季
树上有阴晴圆缺
列车启动，起风了
树会长得快些
在上班的路上吃一个橘子当早餐
果汁鲜美
像落在窗前的晨光

2019.3.20

毅然从时光里倒下来的

我踏着洁白的键,划着铅笔去应对
从此孤身作战,在那些气息的回响里
我把一只鸡尾酒杯翻转
把醉意倒下,把醉话写下
只想诅咒脑袋里不断放毒的蛀虫
骑着小黄车的路人
门前大树,落花怡人
快到黄昏,从记忆的井口里捞上的
月色和秘密
把它们通通都亮出来
黄昏已至,分不清那些叫声是燕子
还是蝙蝠
也分不清
我是醉了还是清醒

喜欢读纸质的书

用笔写字
电子书都感觉摸不着
打字时是在给灵感泼冷水
所以经常带一本书出行
和一支自动铅笔
随时随地在书空白处
写
写下的每一个字都是
有血有肉
有感情的

2019.5.14

树下的诗人

风吹过，书里的星空
像灯下的钻石
黄昏落日
像陨石撞地球
撞击树缝
留在树下一道金黄
灵动的轨迹
摘下风的轻盈
封印在树下诗人的笔里
夏天完成了它的肆虐
秋天开始帮它赎罪了
当最后一朵夏云被雨化时
当第一片秋叶下落时
树下的诗人
开始写诗了

怀孕的乌云

白云和乌云为了逃离太阳
私奔到接近地面的半空
白云压着乌云
让乌云怀上了雨
雨迟迟未被诞下
我在窗台
计算它的孕期
后来
风吹开了
不幸的是
那场雨夭折在乌云里
一缕像手术刀般的烈日光束
刺穿云的深渊
偷走了云里的死婴
最后
烟消云散

雨

昨天的雨下得应接不暇
从朝阳到东城
下到我家瓦顶上
然后从天窗往屋里滴
滴到书上，然后到桌布上
到木地板
再到一楼的天花板
往地上滴
贯穿整间屋
也贯穿我整个身体

2020.8.1

爱物

白

瓦顶上乱窜的野猫
乌鸦在树枝的迷宫里用叫声定位出口

黄昏在不断迫近
我在无限地往后退
退到像雨天里闪电的那片白

院子里有一缕风光顾我,还有一片深静
瓦顶已长草,下午已变老
胡同里的三轮车夫在赶路
蝉不敢叫

我没有太多的抱怨,只有太多面子放不下
若不是脚步声,我还不知道是在路上

荷塘有枯萎的迹象
湖底的水草,映着光

接近那片白

和　平

然而，所有的荷叶已浮出水面
等待第一朵荷花
等待还未游过来的蝌蚪
几乎全身透明的虾
在水草上攀爬的螃蟹

碎风扬过，荷叶开始上岸
黄昏拈来凉爽和蜻蜓
荷味带进了甘，燕叫来了夏

湖面上的树影衔接完美
我把寂静的留在纸上，从声音里抽出

那些不经意间的落叶

拴住了和平

澎 湃

他们把水里的寂静捞出来,以为可以据为己有
水里的树影,泛不过湖面的风

我把一个清晨的时间倒进去
换来些许平静

苍天变老的时候,水动荡
风在树下轻拂时
我把所有交给树叶落在湖面的瞬间

有船开过时,湖面撒一片绿银
把关好一次夏的盛绿
穿插着燕子、乌鸦和蜻蜓

才知道
澎湃过

出门没有带时间

看夏天在荷塘里盛放
把夏气含着,夏雨穿在身上
踏着流水
把身体直接从冬天调到夏天
只需一场雨的时间
云好低,有时分不清那是波浪还是云

荷茎笔直,荷花零碎,湖水如月色
我比不过蓝的安逸
叫不过蝉的呐喊
却呐喊到近乎麻木

风像雨一样来袭
吹来片刻宁静,惊动一片荷塘

夏,盛放

秋高气爽

与去年相约的一个恋人失联
院子里的落叶像被海水冲上沙滩的贝壳

只凭着记忆,我把秋天的碎片拼凑
拼凑出人间里的些许答案
所以不断往树影里打转,以为会是不去上班的理由

想起了外婆家的秋天
与世界隔一座又一座的山
这样才得以安全,听说了外婆的方言
我开始入乡随俗

又该是收成的季节
外婆晒稻谷时扭伤了腰
表妹涂好了胭脂
舅母挑好了两只母鸡
就让她嫁出山外了
树上的野果成熟
外公开始入土为安

游　写

拿着笔记本游写
沿途寻找诗眼
后来搁浅在一棵神木的阴影里

游人叫暑，我挺着头疼
试图拾起地上的风和碎花

头疼似乎是个巨大的黑洞
把所有吞食，所以被石化在这里了
等待一场雨来化解

扇继续扇，花继续落
而那碎一地的时光
没有人去拾起，也没有人需要拾起

高高的钟楼，对这些关于时光的故事
不屑一顾

夜雨,出门看那边荷花是否完整

北京的雨有化学味,就算在胡同里
路上落花碎一片地

那片荷,完整无缺,完美无瑕
只是被游客和酒吧的音乐骚扰着

夜里,听一片荷,听安详的声音
它们会告诉你所有的秘密
从一朵传到另一朵
又被雨砸到另一朵,所以声声不断

我怀着腰痛,看着雨像月光般洒在荷叶上
提着千斤思绪,把它们倒入湖里

胡同人家里的每一个角落,有雨的回响
树叶间,瓦缝间
听一夜里的寂静

夜有眠无眠无所谓

夜，寂静

夜，被寂静惊醒

院子里的老槐树开了花

清晨出门看见门前落满了花瓣
杏树刚抽出了新叶
整个院子被鸟声包围
树影落在琴台上，洒在红酒杯里
我不把自己往路上赶了
多想停留在这个季节里
四月的北京
出门坐在稀疏的树影下
看胡同上空的鸽子在打转
看柳絮如飞雪，在阳光里透亮
看看这人间
然后写一首诗
把自己活进去

2019.4.19
北海北

秋天的故事

起床触碰的第一个琴键
放入杯里的第一朵菊花
扫走门前的第一片落叶
我把秋天留到最后，拖得最长

潜入湖底

当我潜入湖底时
看见一朵枯叶下坠的过程
试图去挽救
但它意志已决
水里鱼影急促
听不见岸上的回响,但有水里的冰裂声
也像无数只龙虾的脚插入沙堆里的声音和蓬松
一只几乎全身透明的怀孕的虾
落在我掌心里,嚼食我的表皮
看见它精致的身体,小心翼翼地打量着我
还有那些不知名的鱼
它们是水里一个个光原体
对湖底的未知
守口如瓶

赶一场天未亮的雨

就坐在池边一直看着
看鱼,看水上的雨花
看油灯的火焰
一直听
听雨,听水,听鸟,
直到雨停
直到写得出诗
雨还在下,兔子还未整理完毛发
我偏偏在这些时候
不知如何度过
我试图用这些去抵挡衰老
抵挡时间
雨还是下得很安全
就算茶已经凉了
丝毫没有惊动水下的鱼

花　雨

阴天，我开始直视从窗外涌入的热浪
像邻居接受清晨里我的琴声
夜里空气生成了露水
所以有了树的飘逸
和云的浪花
出门未把门关紧
地上青苔退到院子的那头
一直到瓦顶上
院子是刚刚被打扫过的
有几颗新鲜落地的杏果
隔壁胡同里的那棵大树，下花雨
下得让人
措手不及
下得让人
死而无憾

生命之塔

好奇是什么能让一棵树死去
我把疑问埋在一棵大树下
希望它能发芽
盘旋而上的沙纹像干枯的树皮
我把它抹平,捧出沙里的柔软
在风里摇曳
而最能打动我的
是走近一棵沙漠里垂死挣扎的树的躯体
挑战整个沙漠又孤立着它
我躲进它的影子
从背面瞻望
看见的是生命的一座塔

下班地铁里读一本诗集

列车启动
扑来一阵风
吹乱了书页
我找不见刚刚读的是
哪一页，哪一首了
列车继续前行
风继续吹
直到风停了
直到书停在哪一页
我就从哪一页开始读
反正页页都精彩

文 字

文字让我安静下来
音乐让我热血澎湃
生活本来是块空白的画布
生命只是时间的相对存在
而有了它们
我的世界便有了色彩

水松林

有具浮尸昨夜搁浅在这片
水松林里
被一位渔夫发现
据说，以前有位村妇
在林中最高的水松
上吊了
那条绳还在树上摇曳
村里人说
她的鬼魂一直住在松林里
一个连死亡都留恋的地方
涨潮水漫树间
退潮露出树根下的白骨
黄昏
我划舟于松林
听见她的声音
看见她的影子
悄悄地问她
我能活在这里吗？
她说，除非你死在这里

雨的证据

坐在绝崖

我与一棵千年的古杏

对望

水里的每条鱼

有湖水清新的记忆

水上的飘叶

湖上的落日

越是寻找自己

越是迷失

从树下落下来的答案

落在纸上

印在我的诗里

云飘过时，风更清

看不见烈日

一切显出原本的颜色

云清风淡的湖面

不见明月

粼粼的湖面

营造一场下雨的假象

唯独水面的乌龟

抬头四处张望

寻找鱼的证据

2016.8.16
上海豫园

文 字

夹在书里的项链
插在裤兜里的笔
被昨夜一个绿色的梦
惊醒
项链里被串起的文字
裤兜里溢出的文字
流入梦里
再从口溢出
溅到枕头上
留下水印
又被晨阳蒸发
留下文字的味道
睡在星星上
醒来时
把剩余的
吐入茶杯
再把自己泡进去

从天上掉下来的雨会疼吗?

落在瓦顶上沙沙的声音
落一整夜落到屋顶漏水溅到地板床单
弹到我脸上
夜就被这些无数个微碎的声音
安抚着入睡
从天上掉下来的雨会疼吗?
不晓得
反正我很舒服

2019.5.4
小细管胡同

兔子在吃菜

我刚刚睡醒
院子里大爷
养的鸟叫个不停
于是我就把窗外的一切当作一片森林
雨下了一整夜,早上就下竭了,天还是阴的
在家里,听着鸟声,于是我就把外面当作是晴天
诗歌有时写到一半就写不出了
要去寻找下一个诗眼
就像有时活着活着,就不知怎么活了
于是我就把这个过程当作成长

2019.6.5

河边下着毛毛雨

偶尔有船经过
燕子掠过水面
河草随波摇摆
水松笔直 河水冰清
河对岸有村庄
河这边有我
我手里有笔
笔在写
写眼前
写一个瞬间
刻录在纸上
让它在纸上播放

叶

打开车顶窗
树叶就飘进来了
落在副驾座上
一片片黄得均匀的小叶
伴我同行
我要把它们带回家
然后夹在诗集里
让它们在里面生根发芽

月　光

十六的月亮
在正前方的瓦顶升起
我把白炽灯关掉
只开着床边的台灯
好让月光落在琴顶上
在弹琴的时候
琴声和月光般柔和
把身体打开
让它来修补

湖水清得透彻

潜入水里
水草有人高
有狗尾草,绿藻团和叫不出名的水草
草丛里有,鲫鱼,鲤鱼,鳊鱼,鲇鱼
和怀孕的虾
水里有悬浮的落叶
断了的水草,一串串
微小的气泡
从叶茎开始往上爬
水面有游者雪白的身体
水里很静
静得忘了我
是个人

2020.8.14

立夏的第一场风

吹开了花
吹密了绿
吹短了少女们的碎花裙
和小伙子的白T恤
每当初夏到来总有种兴奋
我把文字的拼凑
当作一种治愈的过程
写下的每一个瞬间
都是一种自我治愈
写下的每一首诗
都像夏天里开的每一朵月季

细　雨

温柔的细雨
打湿了窗台
湿了瓦片和上面的野草
下久了，就听见从 瓦顶
泄下来的声音
几乎没有一丝风
有一片沙沙声
在磨平这人间的
许多
不平

2020.9.15

山间古村人家

寂静得完好无缺
夜
如一面镜
我把自己往蟋蟀声里带
带到山上
又从山间荡回来
在四合院里回响
游荡在这片夜里
又偶然搁浅在
开门的咯吱声上
或一声狗叫里
荡遍整个夜
然后回岸在梦里

2020.9.9

我不知道那只河蚌是怎么死的

它雪白的壳在水里映着光
像银子在流水里发光
有多少游泳的人 错过了它
于是我潜入河底
把它捞起
放在家里的收藏品中
它依然雪白
但再也没有见它发光了

2021.8.22

雪照亮了整个夜

雪照亮了整个夜
亮得像月光 铺在瓦顶上
树上 地上
这从天而降的美好
在地上就能够拾到
很均匀地落在人间
有雪的地方 都被覆盖着一份宁静
有雪的地方 就有一片白
一片白
就足以去抵挡这片夜
夜 被这片白由内到外渗透
人间 被这片白由外到内温柔

2021.11.8

爱生活

生 活

越去生活，就越懂生活
越懂生活，就越能更好地生活

初　夏

把清晨浪费在床边的碎阳里
还有床头柜上的玫瑰花茶

鸟鸣惊艳在晨阳里
把鼻子里的过敏忍住，来确认初夏的气味
追逐在光柱里的尘粒，像星星
无地自容地徘徊在房间里

有清风吹过时，下一场碎阳雨
今朝不弹琴，听碎阳弹奏

还有落在胡同里鸟的对话
要去定量一个季节的转变

要把寂静和感觉区分
要把一个灵魂
惊动

深秋的晨光

刺穿窗台进入房间的第一缕深秋的晨光
从卧室传到浴室的钢琴声

夹在刚晾干衣服里的落叶
一杯冒着热气的菊花茶

我原本溃烂的身体开始
被修补

在这个狭窄的平房里
狭窄得让人安宁
把自己放出来
让自己覆盖住里面的每一寸
每一物

因为我这瘦小的身体
容不下这世间里所有的
苦楚

坐在落花下,我抛出所有谜底

花碎一片地
我把所有陈设在谜底里的暗语
全盘托出

路人蹒跚,他们以好奇的眼神
对视我,落花里写作的怪人

他们一路笑语,不知踏过多少落花
错过多少完美的陨落

而我在这些陨落里
开始寻找
落花其实无意,只是人有情
那些闪烁的瞬间,跌到地上
碎一片地,像地上的星空

我踏着这片星空
踏着无数的理由
踏着无数的答案

生活给了我什么，我就写什么

生活没有给我的
我不强求
生活要带走的
我挽留也没用

若去计较那些失去的
会继续失去更多
若去不断得到
却得不到满足

有时生活更像是一场玩笑
我们都是小丑
我不想去演这场戏
我要假戏真做
跟生活开一场玩笑

2018.11.3
南官房胡同

我爱北京

我爱这座城市的四季
爱它在我迷茫的时候给我出路
让我不再感到寂寞

深秋,我甚至爱它多一些
爱门前古杏金黄的落叶
那微雨让我午睡里回梦

爱胡同人家传来的宁静和菜香
它允许挣扎和安逸
在青春即逝的时候
允许我放纵自由

我爱这座城市
爱它在我最叛逆的时候
还给我
拥抱

2018.11.4

生活一直没有给我答案

我是谁,要到哪里去?
为了什么?

有时候就想这样度过算了
在胡同里写写诗,弹弹琴
钱省点花
又何必抱着月光去追赶太阳?

我就想这样算了
做一个没出息的人
买不起房就搬回老家和爸妈住
没人看得上至少有诗歌陪我

要不就这样算了吧
我这个被现代淘汰的人
没有出息的人
至少能活得清白

2018.11.6

年　轮

打开窗帘，房间变大
窗外正下一场黄昏碎阳雨
我能听见它们在树叶间穿梭
从上一个枝头到下一个枝头
像月水般柔和地挂在树里

没有鸟的声音，也没有蝉
风从胡同的瓦顶开始下垂
落在那条杏枝上
再把一首诗写在钢琴上
声音回荡到雨里

在树下，我看清了夏天的样子
然后用钢琴弹出了秋天
用空调开出冬天
在纸上写下春天
在笔里种下年轮

6.29

知足常乐

起床烧一壶开水
然后泡一杯菊花茶
穿衣洗脸,然后出门买喂兔子的菜
白菜,包菜,红萝卜和荬草混着喂
日子再简单不过了
天空蓝极,碎阳洒在门前的窗台
不想去找恋人
也不想那么拼命去追梦挣钱
回头看,看现在,看拥有的
知足常乐
看看美剧,弹弹琴,在胡同里逛逛就一天了
总把锻炼推到明天
总起晚一个小时
日子再简陋不过了
简陋得让我迅速衰老
瞬间从青年到了老年

2019.3.18

列车开出

沿途石的质感，遇见了雪山
湖泊和森林
水声伴随
仿佛自己的呼唤得到了回应
铁路曲折
仿佛踏上了回家的路
他们只看到了这一切，没有感知到这一切
只是在火车里忙着拍照录像
嘻嘻哈哈
在这片嘻嘻哈哈里我找到了宁静
其实宁静不是去寻找的
而是去感知

2018.10.5 瑞士

四月的风

四月的风吹啊吹
吹走了雾霾,吹来了乌云
就开始下雨
吹走了乌云,吹来了暖阳和落花
也吹来了胡同的游人和卖葫芦的老人
四月的风继续吹
吹开了什刹海的涟漪,也吹开了船
吹醒了还在被窝里的我
兔子早就醒了
吃饱了就在碎阳落脚的地方相互整理毛发
我最相信它们的可爱和野性
人间就由这些小小的事物带来美好
人间原来如此美好

2019.4.18

买一套房,用余生的自由

物质上的满足会是精神的枷锁
为了生存而忘了生活
于是总将就着
妥协着
灵魂像一台为其他汽车提供零件的二手车
他们在地铁里,公园里,床上
看着心爱的电视剧,打着激动的游戏
麻木地存在生命的时光里
麻木着,也快乐着
无奈着,也心甘情愿着
我不想将就着生存,也没有太多的抱怨
我是有生命的,我是活着的
所以要一直活下去
活出生命的意义
死去,也要有生命的意义

胡同的平房

我就喜欢住在这个胡同的平房里
只有一铺床和一台钢琴的空间
有两个窗台
一个春夏有晨阳
一个秋冬有夕阳

我就喜欢住在这个胡同的平房里
门前有棵古杏树,树上有乌鸦的窝
清晨门前有新鲜的落叶和碎花,鸟语

我就喜欢住在这个胡同的平房里
喜欢遇见邻居的微笑
夜里的寂静和白天的安详
来冲淡我身体里的辛酸

2018.10.23

书

山上有云
山间有开花的树
山下有村
村下有水溪和隧道
隧道里有大巴
大巴里有我
我手里有本书
书里有我去的地方

2019.4.27

诗

我把诗歌整理出来
把它们打到 word 文档里
然后发到那些出版人的邮箱里
现在看来，它们都是旧时光里闪烁的光
里面有四季，有阴晴圆缺
还有不完美的爱情
我把诗歌整理出来
再次翻开那本旧羊皮笔记本
看自己急速写下的字迹
有些已模糊得认不出了
然后挑一首，留给自己
我把诗歌整理出来
电脑里放着马友友的《圣母颂》
兔子在桌底跳来跳去
希望有人能把我的诗歌出版成册
我把诗歌整理出来
整不整理它们都已经被写出来了
写不写，出不出版
我都已经活过来了

2019.4.11

晨阳新鲜，像月光一样净白

日子静好
鸽子在瓦顶上飞蹿
路上老人不玩手机
野猫穿过车底
大树都干秃了
只有竹树和松树绿着
放慢脑
神经放松
我爱这样的时辰
走在阳光落地的位置
听鸽子扑翼的声音
抓不住岁月
但能欣赏得到
天蓝得没有一丝云
只有飞机飞过的痕迹

答 案

生活不应该去寻找答案
而是去给予生活答案
也不需要去寻找自己
而是去给予自己

日　子

如果一定要去想象以后的日子
我不会愁让子女上最好的学校
拿最高的分数
也不愁让他们上辅导班
只想他们各自追逐自己的梦想
有个平和的心态，开心就好
然后买一只母兔配给我的兔子
看它们在花园里挖一个洞，生很多小兔子
看那些上下摇摆的小尾巴
听它们吃菜的声音
或偷吃桌上的苹果打翻了盘子
耳朵往各个方向转动
我就在院子里，或许只是一个人
喝喝菊花茶
写写诗
听听麻雀
腰能弯下的话

去拾地上的碎阳或月光

有空就去旅行

然后无所畏惧

死而无憾

2019.4.12

南官房胡同

挨不住贵的房租,我搬进了狭窄的胡同
没有厕所没有厨房
只有一张床的和一台钢琴的位置
每天有鸟声和寂静光顾
天晴的早上碎阳落在床上
下雨时不关窗,让雨打进来
下班回来弹起琴,或捧着笔记本
游写在胡同的大树下
我就想住在这破房子里
就在市中心又近地铁,去哪都方便
半夜里写诗,夏天去前海潜水
在床上听夜里的寂静
被门前的古树包围
被乱窜的野猫惊醒,被雨声湿润
我就想住在这破房子里
活在这里
也死在这里

2018.9.4

放下那些想要的，剩下需要的

在胡同的平房里
写写四季
看看阴晴圆缺
把这些小事物装进心里
写进心里
把心打开
变宽

待到杏子落下来的时候

我开始成熟
在琴声里收获一个厚实果实的圆润
工作杂事放在时间的背面
用右手掌按住头顶
把脑放空
剩下空壳和游魂,由音符支配
我把钢琴打开,看清楚了里面的结构便搬了进去
即兴弹奏的时候
灵魂如一匹野马,在白色草原里奔跑
每一条琴弦,犹如我的每一条神经
野马踏过
生如夏花

蛇

才发现，他们都结婚了，生娃了
最平凡的快乐才是最快乐的
我多么渴望平凡
快三十个年头，我在二十的结尾里
挣扎
光阴逼近的每一刻
我抛出圆润的呐喊
和无奈
把生命的命题用另一个命题来回答
好天时，把一场场的绝望种成果实
因为时光难耐
需要糖分来滋润
光，退到了另一半球
阴，淹没所有旧时光对新时光的幻想
像伸手去摸河里的鱼
摸到的
是条蛇

我陷入一片绿里

一片初秋垂死挣扎的绿
绿得发黑,绿得死而无憾
我犹如一只在半途迁移的候鸟
在寻找落脚点
无意落到了北京的这片绿里
从来没有见过如此旺盛的绿
我在里面不断打转,喝醉了绿,迷了绿
在深秋来之前
我的故事要在这片绿里开始
也要在这片绿里结束
晨阳美好,初秋总有些遗憾
我的生命线仿佛在开始和结尾的两端
同时往中间燃烧
站在中间看见开始
也看见结束
生活也不断重复,像匹不断重复的花纹布
但也不怕
我要把它做成一条领带
至少也风骚

2018.9.16

让我们不再去想生活是为了什么

人生是什么，生命的意义
这些命题会压死人
让我们就抓住这一刻
就是现在
因为生活，人生，生命就由
一个个的现在组成
而这些现在正在塑造我们的
生命，人生，生活
所以现在
是的，就现在
去做些爱做的事
然后
微笑

爱生活

2019.5.13

在下班的地铁里写诗

还是那本旧羊皮纸笔记本
在淘宝买的
98% 的人都在看手机
运气好时会遇上一个看书的
在旁边有个在打瞌睡的
停站了就睁下眼
我在下班的地铁里写诗
或许是因为能觉得
少些平庸吧

2019.5.8

我在这里

我不是翻译
无法将一种语言翻译成另一种语言
不是诗人
更不是谁谁谁的男朋友
谁谁谁的老板
此时
公鸡鸣叫,麻雀飞入屋里时
我是一位记录者,感觉者
一位屋顶喝茶的乡村男孩
我不在打理我的花园鱼池
也不在旅行的路上
此刻
我在这里,就在这里
在晨阳穿透雾层之前
在重叠的山间里
在延绵的田野里
在羊群的铃铛声里

直到下午4：30

起来煲了壶雪梨糖水

午阳就旧了

兔子还躲在床底

阿杰还在写歌弹着吉他

我把正对邻居的门关了，不想吵到他们

把琴声留在房子里

我在房子里读余光中的诗歌

看见窗外绿荫初成

总觉得要做些事情

比如写下这段

又比如，在时间的空间里穿梭

找到此刻接近永恒的

瞬间

初夏下午,周六

午阳温柔得像下龙湾的海水
搁浅在树上产生了树叶的浪花
胡同里偶尔有三轮车经过
院子里落满了槐树花
墙外开了月季,旁边有两个老人交谈
吃过中午饭,在床上小歇会儿
一躺就是三个小时!
可这三个小时里我的意识和肉体分离
灵魂是醒的
肉体是睡的
大概这样的下午
惊醒了我熟睡的灵魂吧

自古以来

诗人都是多愁善感
诗歌大都是悲伤不得志

我要做个快乐的人
写快乐的诗
抓住阳光,抓住快乐
把快乐放慢,放平,放静
因此
长乐

那歌声和音乐是对什刹海的污染

还有那些在酒吧买醉的人
是对胡同文化的羞辱
夜，还是月圆
夜，有些月季没开就谢了
兔子开始睡了
那些做作的歌手还在唱
给我充分的理由
逃到梦里

5.22

静

只有静下来的时候
深处的那道门才能被打开
通往月下漫步的路
一个人不等于寂寞
更不等于孤独
一个人时会让静来得更响亮
在人群嘈杂中仍能找到静的
是内心已找到的静
静得惊世

月 光

从来没有见过如此明亮的月光
昨晚是,今晚是
正好落在床头,落在茶杯里
亮得让人失眠
让人相信午夜太阳
黑夜彩虹
亮得让我相信对人间
所有的美好幻想

诗 人

我与诗人对望
他在台上,我在台下
隔着人群
像仰望一棵参天大树
在计算
我是爱诗人多些?
还是爱诗多些?
我是树下踏着蓬松落叶的游人
流浪着
秋天里
诗人的诗比落叶要安静
写诗的人像落叶一样
断肠
让我想
是有了诗,才有诗人
还是有了诗人才有诗

当 作

兔子在吃菜
我刚刚睡醒
院子里老爷养的鸟叫个不停
我就把窗外的一切当作一片
森林

雨下了一整夜
早上就下竭了
天还是阴的
在家里听着鸟声
我就把外面当作是
晴天

诗歌，有时写到一半就写不出了
要去寻找下一个诗眼
像有时活着活着
就不知怎么活了
麻木了
我就把这个过程当作
成长

下 雨

天上掉下来的雨
会疼吗?
落在瓦顶,沙沙的声音
落一整夜
落到屋顶漏水
跌到木地板上
溅到床单,弹到我脸上
夜,就被这无数个
微碎的声音
安抚着入睡
从天上掉下来的雨
会疼吗?
不晓得
反正我很舒服

2019.6.4
小细管胡同

生 活

生活不曾取悦我
只有我一直不断取悦自己
时间难过,但有诗歌
坐着人头攒动的地铁
上班路上总是最遥远的距离
还好有诗歌
启程时有
路上有
结束时有

到我老了

或许到我老了,聋了
我不想戴助听器
因为这个世界有太多声音
总听不见自己的
或许到我老了,盲了
我要多去感知,用心去感知
因为有许多的真相
肉眼并看不见
或许到我老了,哑了
我会多去微笑,大笑
因为笑是一种语言,一种力量
或许到我老了,走不动了
我不想坐着轮椅,撑着拐杖
因为去遍了世界太多的地方
就忘记自己属于哪里了
就坐在这凳上
下午的花布台上
写点什么就够了

爱的艺术

从一楼传到二楼的钢琴声
从窗外传入屋内的蟋蟀声
从天窗落下来的月光
天边还有一线光
在日落的地方
兔子闻声而来
飞蛾见光来访
秋天感风而来
我听诗而来

2019.8.22

三月的风

三月的风吹呀吹
把睡莲吹醒 吹上岸
把爸爸头发吹白
把小侄女吹入梦
午饭后的三月
天儿时而晴时而阴
并没有时而好时而坏
一直舒服
是相信天使下凡的时候了
在云层间 在荷池旁
在铺了碎花布的桌子上
看见她们的羽毛 随风摇曳
也是相信天堂的时候了
就在这凳子上

2020.3.9

晴　天

天晴把床单洗了
挂在有风的地方
池里的鱼 缺氧浮了上来
把水挂在墙上
让水往下滴
云飘过
把心情洗了
挂在有阳光的地方
生命里的灵魂
把诗意写出来
把诗歌喂给他

2020.3.22

鸽　子

一群鸽子飞过
扑翼的声音蓬松
它们就在瓦顶上打转
从这个屋顶到那个屋顶
雪一样的羽毛映着晨阳
天很深很蓝
偶然有一丝风
闭上眼
偶然
泰然

晨　阳

晨阳新鲜
像月光一样净白
日子静好
鸽子瓦顶上飞蹿
路上的老人不玩手机
野猫鬼鬼祟祟地穿过车库
只有竹子和松树绿着
把脑放慢　神经放松
我爱这样的时辰　走在阳光落地的位置
听鸽子扑翅的声音　抓不住岁月
但能欣赏得到
天蓝没有一丝白云
只有飞机飞过的痕迹

外面风雨交加

从不认为下雨天是坏天气
在床上玩了玩兔子就睡着了
一睡便是三个小时
醒来觉得才三分钟
醒来时 雨停了 风也停了
我身体里的雨
还在下
下得床单都是湿漉漉的
躺在上面就是在水上漂浮
我的身体
在水里失重

2019.5.12

天　窗

天窗一直打开着
睡时能看到月亮
盖着月光　醒来未睁眼
早晨　来迎接我的是鸟声蟋蟀声
睁开眼
晨阳　白云
然后是清风
下班回家
开门迎接的是
几盆刚种好的绿莲
天窗一直打开着
我的身体　一直打开着
心　一直打开着

下雨天，出门走走

有种生活
是在屋里把自己放出来
把碎落的每一片魂
附在每一件物品里
每个柜
每个茶杯
每本书
每块地砖
每片叶
兔子每一次跳跃

然后
完整

2019.6.2

一本书　一支笔

在厕所里放一本书
关于诗的
短的那种
方便时读一两首
还要放一支笔
灵感来时
写一两首
把时间收紧
把生活精致

平时，我的心往里面打开着

装了外面的很多东西
塞得满满的，沉沉的
有时
我的心还没打开
开关那里感觉有东西卡住了
就是打不开
关得紧紧的、
牢牢的
写诗时
我的心是开着的
往外面打开的
里面的爱
往外面涌
活生生的
暖暖的

2020.8.13

北京的初夏

最爱北京的初夏了
穿一身冰丝套装
夜里偷偷在街边采几朵月季
早上起来就开了
房子里的晨阳像荷塘里捞上来的月色
我在喝一杯没加糖的菊花茶
手握着一个萝卜喂兔子吃
手机里放着昨天录的曲子
时间过得很慢
右手写字的影子落在纸上
我写到哪它就跟到哪
像在演一场皮影戏
写下的诗
是幕后的皮影师

快到夕阳了

我小心翼翼地翻开书页
怕惊醒熟睡的兔子
瓦顶里很安静
只剩下笔芯和纸摩擦的声音
和偶然几只落在瓦顶
草丛里的麻雀声
天窗外的深秋往屋里涌
屋里的春天
开始了

2021.11.2

我的身体在开花

在深秋酒醒的清晨
在弹下第一个键时
琴声在身体里回响
震裂了里面的种子外壳
由内往外开花
无所畏惧地开
死而无憾地开
开得像是第一次
也是最后一次
开遍每一个角落
开成一个花人儿

2020.10.23
小细管胡同

意义和快乐

我做了很多和钱无关的东西
没有花钱
也没有挣钱
挥霍了许多自由
挣了许多意义

我做了许多没有用的东西
没有变得世俗
也没有变得聪明
挥霍了许多意义
收获了许多快乐

鱼

整个胡同人家
被古树包围得
像一个盆地
月亮高高挂起
栅栏影子落在桌上
淡如水
清如水
整个世界仿佛是泡在水里的
而我
是一条鱼

2019.6.14夜

外婆的阳台

外婆的屋顶阳台
在山间 在田里
向下看有瓦顶 向上看有白云
远处近处都有山
路在一片深绿里雪白
连着山和村庄
我什么都不想 什么都不干
喝一杯 冒着气的菜
就看 看一片片瓦顶
堆在旁边的柴
在山缝钻出来的晨阳
落在田间的麻雀
看这些瞬间 事物
在时间的轴上 做上印号

2021.12.18 深底村

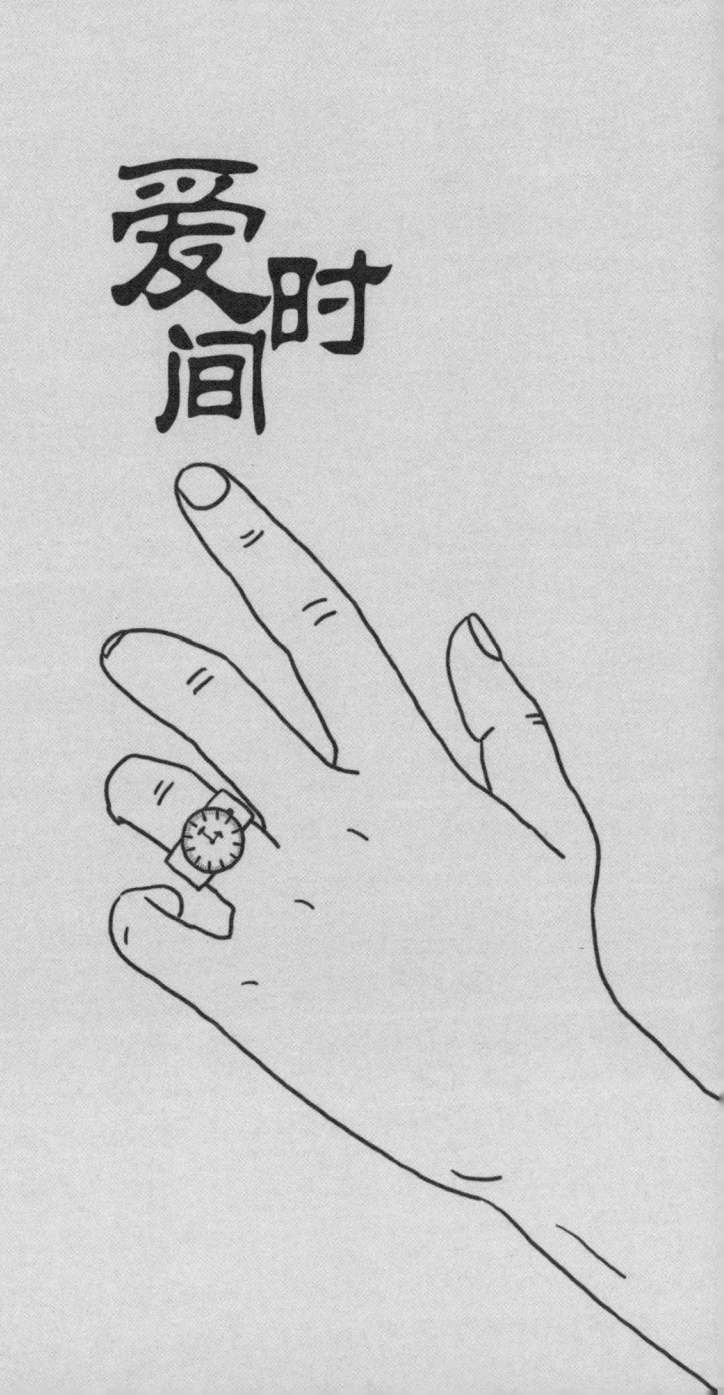

爱时
间

对　抗

下午的时光，在融化巧克力的温度里
吃一杯酸奶冰激凌
把夏天浓缩在一朵玫瑰花里

焦累的太阳蒸发脑里的文字
最烦恼的是，要去写一首诗
脑里一片空白
去做一些毫无意义的事
却身不由己

和时间的较量，与意义的衡量
日落之前
我把思绪调整过来
整篇成一场对抗

无奈里
倔强的文字，在前行
所有的玫瑰
在同一个夏天里盛放

意 义

若能把时间的碎片
从颓废里拾起
能把空洞填补

所有的起因,经过,结果
要重新安排

在办公室的白色办公桌上
绞尽脑汁,把时间捞起来
把文字穿起来,烤出一些意义

我把滴下的汗舔干
烫伤了舌头

所以不善言辞,所以沉默寡言
要去经历甜酸苦辣
才说出意义

今夜月光,光得发艳

我是穿过树丛看到的,在深秋的夜里
门前落叶积一堆
让每次出入都有踏实归属的蓬松

又回到一个人的平房里,一个人的无奈里
一场被时间追赶得不知所措的百般无奈里

胡同里深静,树下月影斑驳
我开始失眠
倒数着世间所有美好的事物

我把所有的无奈和怨气
都归结于那些等待里

我在等待时间,时间却不等待我
所以
我也不应去等待时间

10.30

善待时间

一堆诗集,一堆砂糖橘,南国梨
和干果
把它们往办公桌上放
这些令人欣慰的小事物
是生活里的糖分
善待生活,生活也善待你
善待时间,时间也善待你

时　辰

有些时辰确实美得让人不知所措
想写下来，但又不知从哪写起
拍下来，有时只会加速忘记
只有用心去体会
把心放慢
感受每一物，每一事
每一时的呼吸
这时会达到一种境界
打开和灵魂沟通的门

活着只是时间的相对存在

生活在时间里
而快乐
可以定格时间
那么，爱
则是快乐的源泉

做一位时间的战士

不期待战胜时间
也不可能战胜它
但求在那些战斗的过程里
治愈我的空虚
收获我们的意义
这场战斗要从爱开始
爱人，爱事，爱物，爱家
爱生活，爱自己
爱时间
把时间化敌为友

人　生

所谓人生

其实是一场对时间的管理

想要什么样的人生就怎么样去使用时间

月影胡同人家

还未睡,我便开始失眠
风吹过树
似流水声,也似下雨声
初夏,黄昏推迟
月光提前,洒遍瓦顶
天边还有几朵晚霞
我房间开着暖光灯
在屋顶看瓦片上的月光
看这个时辰,在月光下
美好

2019.6.8

初秋，瓦顶晨阳美好

天很蓝，有几朵白云
各自在飞过天窗的对角线
人家里的脚步声，瓦顶上蹿跑的野猫
鸟声，偶然打破这片宁静
天真的很蓝很清
比镜子要清
想去数瓦顶上的瓦片
此时
时间被宁静打断

2020.8.28

与时间同行

我没有赢过六合彩
而一夜暴富
没有参加过比赛
拿过什么奖 而一夜成名
一生最激烈的竞争
是与时间
但我没有赢得过奖
也不是为了赢
只是想和它平行
和它同行
伴行

爱时间

2021.11.9
北京

我的时间里

我的诗没有商业价值
也没有什么意义
只是我留下的生活的一些证据

我的生活 没有商业用途
也没有什么成就
只是我对我生命的呈现

我的全部 不在商业绩效里
在我的思考里
我的时间里

2021.12.4

爱自己

夜，如一个无底洞

我还未从男孩变成男人
没有人告诉过我
这个过程只能独自去完成

大杂院里的黑
如盲人摸路
我的梦想还很遥远
没有人告诉你
他们早已放弃了
只有幼稚的人还相信着

冬天来了
我的诗还没有写好
冬天真的要来了
我还是个幼稚的男孩

2018.11.06

完 整

从意识开始,我背进了很多怀疑
在清晨的钢琴前结束,抽出所有的急促
不温不慢,抱住安宁,跳进了棺材的坑
去送走我这不明不白的一生

有碎阳经过,我便死而无憾
请用一本诗集去安葬我空白的身体
用一本空白的羊皮纸笔记本和笔安葬我沧桑的灵魂

没有墓志铭,也没有遗言,像一场冬眠
只要琴声响起。我的生命开始重生
清风扬过,身体恢复了感知
晨阳破碎
而我开始完整

我自己

夏末初秋，清晨，
窗外泻下来的
是一股清泉
我抬头迎一面

琴声是水里的鱼
我开始把爱转移到这些平静里
转移给自己
再次拾起完整的自己
其实，不需要把自己交出
我最爱的人应该是自己

晨阳从屋顶升起，照进房间，落在琴顶
我再次抬头，去迎一面

阳光的质感，修补了那些伤口
像奶茶一样去灌满空洞

我把心赎回
让我从此只属于自己

出　生

不要让青春难熬
俯瞰岁月，犹如一条用旧了的皮带
我用它来勒紧岁月的腰，才有安全感

不要让青春迷失
捧着笔记本，在上班的地铁人群里
拾文字里的宁静
列车滑行
在一个角落里注视整个车厢
仿佛在异国他乡

快要到站了，岁月再次收紧
像一次宫缩
把我的出生
重新安排

8.21

退

我在不断地退
从深秋退到初夏
从摇摇晃晃的地铁钢地板
退到门前的那片落叶

时间在不断地前进
从少年到青年
从日出到日落,又到日出

我身体里的时钟也在倒数
从成为地铁手机大军一员开始
工作无聊,生活开始麻木
生活纵然是为了生活
只有生存才会无聊麻木

上班路上犹如去刑场路上
而我这一生,不知死了多少回

爱自己

10.27

走在时尚的前沿

穿着时尚的服装和光鲜的鞋
我不愿意哭晕在一场失恋里
喜欢在舞池上放纵自我

我不愿意任由父母安排好所有生存的条件
在一个小城镇里每天见同样的人,做同样的事
然后娶一个他们认为和我匹配的人

是的你可以说我是个自私的人
没有车,没有房
只有一个完整无缺的自己

9.4

诗歌让我沉静，音乐让我澎湃

我左右为难
以为容忍会让爱更容易接受
我不再允许母亲照顾我的生活
不错过落在琴台上的碎阳
不再为恋人纠结
只做原始的自己

一场救赎

我需要一场救赎
也需要一场毁灭
需要失去,也需要获得
需要一个人去完成
以退为进,写下思想的旅程
虽然
不知道终点在哪
也不知道方向在哪

院子里的杏果零碎落地

雨下了一整夜
从瓦顶下落的雨滴声
仿佛是一个个落井下石的答案
你说我在捏造事实
错,我是在捏造现实
半夜暗光里,只剩下我和雨滴
捎起那些旧而破碎的时光
堆积在词语上的,穿过了时间的虫洞
回到了原点,那里是一场静止
我又把握住那些仅有的时光,去分清
哪个是影子,哪个是倒影
不过时间返回,所以被困在一场静止里
所以还是原来的模样
所以还是原来的我
流连忘返

2018.7.11

直到辽阔的草原,才开始宽容起来

我仿佛是躲在山洞里害怕世界末日的懦夫
皱着眉头,试图用时间去换取答案
那些山本来就高
草把山包围,快把树淹没
云很低,像绿色海洋里冲上山顶的浪花
山下的每一个村庄成就辽阔的归属
云的影子像一条巨大鲸鱼
吞食着村落
我在云下,驾驭着云影
吞食着整个草原的辽阔
放进我的狭窄里

2018.7.14

我看见巴士从一场雨的身体里穿过

雨无限地接近
把云压低,把树压低
最后与地连在一起
我在巴士里挣扎,挣扎那些雨雾没有降临我的身体
忍住睡意,睁开双眼
让风装进空白的身体
阔别沿途美景
巴士继续前行,到一个我不确定的地方
到一个能迷失自我的地方

把自己装进音符里

让风来弹奏
内蒙古夏夜的风,像山间流下的清泉
扑过来时,能瞬间忘记所穿的衣服
像无人打扰下裸泳在山泉里
向自然袒露所有的秘密
真待到无人时,把面具和外壳都脱掉
游魂在一场绿色的回响里
风在吹
我身体里的琴声在不断回响
神经感觉是声音里的节奏
节奏带动我的灵魂
出窍

2018.7.15
多伦

上山的路

上山路上，我拾了一木块
一直手握着，心有余悸
直到山的无人深处看见了雪
才平复下来
快到山顶了，也快要下雨了
云雾越来越浓
我只看见近处光秃秃的树干
沿途走走停停收收放放
我的身体才开始慢慢打开
此时下起了雨夹雪

2019.4.27

我有一个男人不该有的感性

一个女人该有的温柔
又拒绝承认是中性人
毫无疑问我的身体是男人
只是里面的三分之一是女人
写诗时是女人
恋爱时是男人
所以我是个不断转变性别的人
能充分享受两性特点的人
因此一个人就足够了
所以注定孤独

爱

提起爱,却不敢说出爱
一说,怕会把爱说破,破了会流血
流血会痛
但谈起爱,有许多要说的
爱每一片瓦,每一块砖,门前碎裂的石狮
不去爱人,去爱事,爱物
爱这下午门前的阳光,瓦顶上的荒草
然后更好地爱自己

2019.1.19

追逐自己

有段时间，不去追逐梦想
曾经追逐过金钱名利
追逐过所谓的青春
也追逐过自由
却忘记去追逐自己

2019.5.7

把所有的真空打包到记忆里

感受时,我无法去完成一场救赎
于是只去感觉感受
远处的树旺盛得像一场火
却点不燃一片草地
那群牧牛不让我靠近,我便开始怀疑自己
一个草原的身体,一棵树的身体
从村落到沙海
这才叫完整
这时才能打开真空包装
树下落日,我搬了进去
牧人叫来羊群
牛仔潇洒骑马
我学会了蚱蜢腾跳时的快感
还有野马的即兴呻吟
云低草矮,志在越野
收拾好所有的无畏
星近山远,人渐易沉
把握好所有的黑夜

叫来夜深人静和山旷辽远
去完成一次轰轰烈烈的
燃烧

2018.8.27

看月光

一整夜没睡
看月光退
从床头到床柜
到琴前,再退出窗外
退到兔子整理完毛发
树下风静了
我在不断地跟
从枕头到茶杯
到雪白的琴键
到胡同的转街角
来洗去我身体里的血迹

午 夜

午夜，下起了雨
惊醒了我
这时
我不是音乐人
不是翻译
也不是诗人
只是最原始的自己

2019.5.18

谁说自己在家就不打扮？

不洗脸？
谁说好看是为了别人？
No!No!
自己在家也要帅帅的
脸上就算是大宝也要抹
再抹点发蜡
剪剪胡子
穿最帅最舒服的睡衣
帅给自己看
帅在拥抱自己的时光里

爱自己

2019.5.12

我不在这里

我不在这里
也不在我的身体里
我在路上，去远方的路上
又在到达自己的路上

我不在这里
就算在你那里，你也不知道
我在爱得刚刚好的边缘上
在边缘徘徊，挣扎，获得

我不在这里
也不在那里
我在我所支配的时间里
我的灵魂里
我的情感里

2021
喀什

下雨了

瓦顶的草还是黄的
雨停了
乌云还未散
风吹起了
地还是湿漉漉的
起床
赤裸着身体
把头往天窗外探
探个究竟
究竟在这样的清晨里
懒散
如何完成一次救赎

爱自己

2019.6.13

宽

放下那些想要的
剩下需要的
在胡同的平房里
写写四季
写写阴晴圆缺
把这些小事物装进心里
写进心里
把心打开
变宽

我的一生

我这一生注定没有什么成就
没有名气 没有地位
没有房产
我写的歌没有人会唱
我出的书不会畅销
我的爱没有惊天动地
只是纯粹地让我活着
我的自由没有波澜壮阔
只是有足够的空间
来让我去思考 去写 去做
我的时间 由我来支配
我的快乐 我想分享
也没有人懂
我这一生注定没有什么成就
我这一生注定不会浪费

2021.11.13

我的爱

我的爱 说不说 都不重要
因为你看不到它
它在里面
让我发光发热
爱我的 你们说不说
我都知道
因为爱会有共鸣
我爱的 谈不谈都没关系
我会让你们知道
因为我的爱
难以隐藏

2021.11.7

谨以此书献给我的父亲。